EXCURSION
DANS LE MÉDOC

A PAUILLAC. — A CHATEAU-LAFITE.
A MOUTON-ROTHSCHILD. — A MOUTON-D'ARMAILHACQ.
A PONTET-CANET.

LE 20 SEPTEMBRE 1888

Par M. XAVIER **LÉVRIER**, Avocat,

*Président de la Société d'Horticulture, d'Arboriculture et de Viticulture
du département des Deux-Sèvres.*

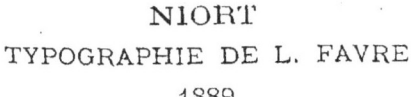

NIORT
TYPOGRAPHIE DE L. FAVRE
1889

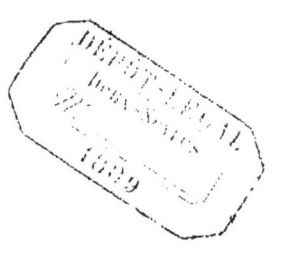

EXCURSION
DANS LE MÉDOC

A Pauillac. — A Chateau-Lafite.
A Mouton-Rothschild. — A Mouton-d'Armailhacq.
A Pontet-Canet.

LE 20 SEPTEMBRE 1888

Par M. Xavier **LÉVRIER**, Avocat,

Président de la Société d'Horticulture, d'Arboriculture et de Viticulture
du département des Deux-Sèvres.

NIORT
TYPOGRAPHIE DE L. FAVRE
1889

EXCURSION DANS LE MÉDOC

A PAUILLAC. — A CHATEAU-LAFITTE.
A MOUTON-ROTHSCHILD. — A MOUTON-D'ARMAILHACQ.
A PONTET-CANET.

LE 20 SEPTEMBRE 1888.

La trentième session du Congrès pomologique, qui vient d'avoir lieu à Bordeaux, tiendra une large place dans les annales horticoles, et une plus grande encore et plus précieuse dans le souvenir de tous ceux qui ont eu la bonne fortune d'y prendre part. Cet heureux succès est dû non seulement au nombre et au mérite des représentants des Sociétés d'horticulture accourus de tous les points de la France, à l'importance des travaux préparés et réellement effectués, à la brillante exposition si bien réussie et tant admirée; mais encore et surtout au dévouement, au zèle et au savoir des organisateurs du Congrès, à l'amabilité de M. le président Daurel et de ses infatigables et généreux collaborateurs de la Société d'horticulture de la Gironde.

Pour occuper, instruire, récréer et charmer leurs hôtes, ils ont mis tout en œuvre : études, discours, conférences, fêtes et banquets, couronnés par deux merveilleuses et instructives excursions dans les vignobles bordelais, à Quinsac et à Pauillac.

C'est cette dernière visite, si charmante, si riche d'impressions et de souvenirs, que j'ai mission de raconter, et je regrette sincèrement d'être incapable d'en faire goûter à d'autres la saveur si exquise, d'en retracer les lignes si pures et si pleines de charme et d'en rendre les notes si profondes et les si suaves couleurs. Heureux ! serai-je, s'il m'est possible de trouver le secret de réveiller chez ceux qui ont comme moi admiré cette riche et douce nature bordelaise, un cher et faible écho perdu au fond du cœur.

Rendez-vous avait été pris au pied des colonnes rostrales, sur le quai Louis XVIII, le 20 septembre, à sept heures et demie du matin. Peu à peu les invités arrivent et forment sur cette partie du quai une animation et un encombrement particuliers et insolites, et les passants, toujours nombreux de ce côté, semblent se demander ce que peuvent bien signifier ces groupes de « curieux », comme on disait du temps d'Ollivier de Serres et de Laquintinye.

L'heure du départ est enfin venue, la marée se retire et permet à la Garonne de recouvrer la rapidité de son cours et la « Magicienne » toute frémissante, embarque ses passagers. Plus de 75 membres du Congrès y trouvent place, et parmi eux, une seule dame, Mme de la Bastie, ose affronter les fatigues du voyage et la chaleur du jour.

Les bords de la Garonne et de la Gironde ne présentent point, dans la partie que nous suivons, de ces sinuosités pittoresques et sauvages, de ces mouvements brusques de terrains qui font le charme d'autres pays. Ils sont au contraire peu élevés et n'offrent dans le lointain que de modestes collines aux formes civilisées et arrondies, aux pentes agrestes, légéres et douces, partout garnies de pampres et de prairies parsemés çà et là de bouquets d'arbres, de jolis clochers, de nombreux châteaux et de riantes villas. C'est cette forme et cette égalité du sol, d'ailleurs peu élevé au-dessus du niveau de la mer, qui font la richesse de ce beau pays, la douceur et la régularité de son climat. Enfin le voisinage de la mer, qui a le précieux privilège d'adoucir et d'égaliser la température, font de ce beau et riche pays un des plus heureux, des plus salubres et des agréables de

France. Ce climat doux et sain, presque toujours égal et délicieux, a pris le nom particulier de climat Girondin.

A notre droite est l'Entre-deux-mers, et à notre gauche, le Médoc.

L'Entre-deux-mers est un espace de plus de 150.000 hectares d'une richesse et d'une fertilité incomparables, qui en font une des plus riches contrées de France. Ce ne sont partout que vergers, vignes prospères, beaux châteaux et riantes villas. Le Médoc ne lui en cède guère, et ses 20.000 hectares de vignes — et quelles vignes ! — sont sans prix et sans concurrence au monde.

Les bords du fleuve sont généralement plantés de saules ou de haies verdoyantes, qui dérobent aux yeux les nombreux vignobles qui couvrent les palus.

A droite, voici le bourg de Lormont et son joli château et, avant d'y arriver, la fertile plaine des Queyries, toute couverte de vignes ; plus loin Bassens, Montferrand et les beaux villages et châteaux qui les entourent.

A gauche, les riches vignobles et marais de Macau, Ludon, Labarde.

Peu à peu les rives s'éloignent et le fleuve s'élargit. Nous dépassons le Bec d'Ambez, promontoire de l'Entre-deux-mers au confluent de la Dordogne et de la Garonne, et nous entrons à toute vapeur dans la vaste Gironde aux flots boueux mais à l'aspect grandiose et saisissant. Les rivages perdus au loin dans les dernières brumes et les premières poussières du jour laissent deviner un paysage exquis, à demi caché par des ombres bleuâtres et mystérieuses, et à demi confondu avec l'azur du ciel, là-bas ! tout-à-fait au fond de l'horizon.

Çà et là, au loin, paraît le noir et immense panache d'un steamer s'éloignant de Pauillac.

Quel tableau ! quel spectacle ! Tout cet ensemble revêt un cachet de noblesse et de grandeur, mêlé à tout ce que l'on peut imaginer de plus délicat, qui impressionne vivement tous les admirateurs de cette belle et délicieuse contrée.

A gauche, les îles Cazeaux, si fertiles et garnies d'arbres, nous séparent du Médoc et nous empêchent de voir les célèbres communes de Margaux, Soussans, Arcins et leurs célèbres vignobles.

Sur la rive droite, nous laissons Bourg, Plassac, et nous arrivons en face de Blaye et de ses coteaux dénudés. En passant, nous donnons — les fidèles — un souvenir ému à la duchesse de Berry, qui resta six mois captive dans le château de cette ville. Nous revenons sur la rive gauche, en laissant sur notre droite deux grandes îles, et nous apercevons plusieurs châteaux, puis Saint-Julien et les célèbres crûs : Château-Léoville et Château-Latour.

Enfin, la *Magicienne* stoppe, et nous descendons à Pauillac. M. le comte de Ferrand, maire de Pauillac, entouré de MM. Mortier, intendant général de Château-Lafite ; Bonnefoux, régisseur de Mouton-Rothschild ; Moreau, régisseur de Mouton-d'Armailhacq ; Skawenski, régisseur de Pontet-Canet, et de MM. Gonthier-Lalande, Alibert et Guidon, propriétaires et membres du Conseil d'administration de la Société d'Horticulture de la Gironde, vient, fort courtoisement et en toute simplicité, nous faire les honneurs de sa ville et de ses merveilleux vignobles, et, tout d'abord, nous invite à accepter un déjeûner préparé en notre honneur à l'hôtel Pouyallet. Un instant de panique s'est produit : on ne comptait que sur 53 excursionnistes et nous arrivions presque le double ! Mais M. Pouyallet sut bientôt réparer le mal, en doublant ou dédoublant les parts, et M. Alibert, l'aimable et spirituel banquier de Pauillac, avait su mettre en réserve pour les cas imprévus — et c'en était un — une ample provision de bouteilles de renfort. Voilà l'affaire arrangée et les convives parfaitement installés en plusieurs salles.

Il n'y avait pas de temps à perdre, et le service d'ailleurs étant fort bien compris, la série des toasts commença avec la série non moins nombreuse des vins exquis et rares qui n'ont cessé de circuler jusqu'à la fin du repas. Il serait difficile de se trouver en présence d'une collection plus parfaite et plus pure prise à la source même et offerte aussi gracieusement que généreusement par les heureux propriétaires qui mettaient encore leur plaisir à nous dévoiler le secret de déguster dans un grand verre tout le

parfum et toute la saveur du délicieux nectar. Et comment
ne pas se perdre au milieu de tous ces noms et de toutes
ces si suaves vapeurs ! Je ne me porte point garant de ce
qui s'est passé dans les salles où je ne me suis pas trouvé ;
mais voici la liste approximative des vins qui se sont égarés
à une table de douze, grâce assurément à une main intel-
ligente et exercée, moins aveugle à coup sûr que celle de
l'antique destin :

Ducasse Grand-Puy (Pauillac) 1879, à M. le baron Duroy
de Suduiraut, — Grand Puy-Lacoste 1878, — Mouton
d'Armailhacq 1878, à M. le comte de Ferrand, — Pontet-
Canet 1878, à Mme veuve Hermans Cruse, — Mouton
d'Armailhacq 1874, — Lynch-Bages 1878, à M. Cayrou,
— Ballye-Sourges 1876, à M. Cayron, — Lynch-Bages 1874
et 1875, à M. Cayron, — Château-Léoville 1878, — Dubart
Milon 1875, — Château-Lafite 1868 et 1869, — Mouton-
Rothschild, — Château-Morin (Saint-Estèphe), à M. Alibert, 1881, etc., etc.

Mais comment choisir entre tous ces vins, et quelle diffé-
rence faire entre eux ? Il me serait difficile d'avoir une
opinion certaine et absolue ; mais pourtant est-il possible
de trouver quelque chose de plus parfait, de plus fin, de
plus suave et de plus délicatement parfumé que Château-
Lafite 1869 et Château-Léoville ? Et si l'on se rappelle
qu'une particularité, une qualité de ces vins est d'être bus
en grande quantité, sans causer à l'heureux imprudent
non seulement aucun dommage, mais pas même un léger
malaise, au contraire !! on pourra se faire une juste idée
des toasts qui ont été échangés aux diverses tables.

Si je suis bien renseigné, M. le comte de Ferrand a bu à
l'avenir et à la prospérité de la Société d'Horticulture de la
Gironde et de la Société Pomologique de France. M. Daurel
a remercié et porté la santé de MM. les régisseurs des
domaines que nous allons visiter. M. de La Bastie boit aux
viticulteurs du Médoc ; M. Luizet boit à la Société d'Horticulture de la Gironde et à son aimable président,
M. Daurel, etc., etc.

A d'autres tables, l'entrain et la bonne humeur n'ont
pas été moindres. A la table des douze, on boit aussi à la

prospérité de la Société d'Horticulture, à la prospérité de cette terre si généreuse et si hospitalière de la Gironde, aux viticulteurs du Médoc et aux aimables hôtes, qui nous ont fait un accueil si gracieux et nous ont si simplement mis à même d'admirer et apprécier leurs richesses, et de puiser à pleines coupes dans leur si merveilleux et si inépuisable trésor. M. Alibert, avec beaucoup d'à-propos, nous rappelle ces beaux vers qui se trouvent écrits en lettres d'or au frontispice du château de Cos-Destournelles :

Siste gradum egregias vites in colle, viator,
Et monumenta oculis aspice digna tuis.
Quam sit dulce merum ! Liba quem spiret odorem,
Atque Deum lauda qui bona tanta facit (1).

M. Lévrier dit qu'en effet nous devons bénir Dieu d'avoir créé de si bons vins, mais qu'il faut remercier aussi les aimables hôtes qui nous les ont fait si généreusement connaître.

M. le comte de Ferrand visite toutes les salles, et il trouve un mot gracieux pour tous, en réponse aux toasts qui lui sont portés.

Mais de nombreux landaus attendent les visiteurs et les conduisent au grand trot au véritable but du voyage, et tout d'abord à Château-Lafite. La traversée du bourg est vite faite, et nous voilà en pleine campagne, c'est-à-dire en pleins vignobles. Ce ne sont partout, en effet, que vignes plantées à rangs serrés et couvrant coteaux et vallons et garnies partout de nombreux et précieux raisins. L'aspect général est une immense plaine de verdure légèrement vallonnée et entrecoupée çà et là de bouquets d'arbres et d'habitations.

Aux carrefours et au loin dans la campagne, nous apercevons partout des croix blanches, à l'ombre desquelles « *le pampre tout l'été boit les doux présents de l'aurore.* »

Soudain, les voitures s'engagent dans une large avenue

(1) Passant, arrête-toi, contemple sur la colline ces vignes splendides et ces châteaux dignes de tes regards ; admire la douceur et le parfum de ces vins délicieux, et bénis Dieu, qui a créé de si grands biens.

d'ormeaux séculaires : c'est Château-Lafitte. Intendant
général : M. Mortier ; régisseur : M. Hilaret.

Château Lafite appartient à M. le baron Alphonse de
Rothschild, de Ferrière — le fameux financier. — Il l'a
acheté, en 1868, pour la somme de 4,500,000 fr. La propriété a 135 hectares environ, dont 70 hectares de vignes,
le reste en prairies, jardins et autres cultures.

La maison d'habitation est un vieux château très pitto-
resque, flanqué d'une magnifique terrasse convertie en
jardin d'agrément, avec de beaux massifs et de beaux
arbres. Nous y avons admiré de beaux Magnolias et un
imposant Cèdre, de l'Atlas.

M. Mortier, l'aimable et habile intendant général, nous
fait visiter aussi complètement que possible les riches col-
lections artistiques et les objets rares et précieux qui encom-
brent toutes les pièces du château. Et ce n'est pas sans un
horrible serrement de cœur que nous contemplons la table
— désormais fameuse et historique — sur laquelle le traité
franco-allemand a été signé au château de Ferrière. Elle
est là, bien vulgaire en soi : acajou incrusté de cuivre, style
empire et réellement de l'époque, toute nue et toute triste,
et cependant tout imprégnée des plus douloureux et des
plus sanglants souvenirs. Oui ! c'est sur ce misérable
meuble, que l'Arminius moderne, l'impitoyable Chancelier
de fer, après avoir crié, en face de l'Europe tremblante un
nouveau *væ victis*, a dicté ses lois draconiennes à notre
pauvre chère patrie, mourante alors, veuve et privée de
ses enfants, accablée sous le nombre, mais non vaincue,
couverte de blessures et brutalement amputée, et le pied
sur la gorge, l'a indignement rançonnée, j'allais dire outra-
geusement violée. Mais tout cela se lavera quelque jour.
Il y a temps pour tout, et, chassant de notre esprit cet
affreux cauchemar, nous descendons gaiement dans les
caves du château, vivement éclairées par de nombreux
lustres pendus aux voûtes, et, moins silencieux que la
Sybille et le pieux Enée, nous nous enfonçons dans de longs
couloirs, garnis de chaque côté et de haut en bas de doubles
rangées de bouteilles couchées dans un religieux recueille-
ment et dans l'ombre jusqu'à ce qu'elles soient appelées à

percevoir la lumière et les bruits d'un monde nouveau. Là
gisent plus de quatre-vingt mille bouteilles renfermant des
vins de toutes les parties du monde et de tous les âges,
mais notamment depuis la fin du siècle dernier et le com-
mencement de celui-ci.

C'est la provision et la réserve du maître destinée aux
grandes occasions et aux cadeaux princiers ou mys-
térieux.

Il y a quatre autres caveaux presque aussi grands et
aussi pleins ou qui se rempliront cette année. Ils contiennent notamment une immense provision mise en bouteilles
en 1872.

M. Mortier veut bien m'expliquer toutes choses. Pour
déguster ce vin dans toute sa perfection, il faudrait prendre
le soin de décanter chaque bouteille avant de la sortir du
casier. Il reste, en effet, toujours un faible dépôt, quelque
soin qu'on prenne pour l'éviter, et il peut en résulter au
goût quelque légère amertume ou quelque défaut. Sans
doute, d'aucuns prétendent qu'il est possible d'empêcher
cet inconvénient de se produire par des soins spéciaux et
des soutirages convenables avant la mise en bouteilles.
Mais, pratiquement, on est loin de ce résultat, et ce qui
pourrait, à la rigueur, être vrai pour d'autres crûs ne sau-
rait être obtenu en ce qui concerne les vins de Bordeaux.
Avec ceux-ci il se produit toujours quelque lie à la longue
au fond de la bouteille.

Quoi qu'il en soit, jamais ou presque jamais on ne prend
le temps — à Château-Lafite ou ailleurs — de décanter
les précieuses bouteilles avant de les boire ou de les sortir
des rayons. Et c'est une faute. Et même lorsqu'on a pris
cette peine utile il arrive, malgré toutes les précautions
prises, qu'il reste ou se forme encore après coup un léger
dépôt, surtout pendant le voyage lorsqu'on les expédie au
loin. En conséquence, pour boire ou déguster le vin dans
toute sa perfection, il faudrait le boire sur place !!

Pour décanter, on se sert quelquefois à Château-Lafite
d'un siphon spécial. Tous les visiteurs ont pu remarquer
ce petit instrument placé dans une petite loge en verre, à
droite en entrant dans le couloir qui conduit à la grande

cave du Château. Toutefois, on en use bien rarement, par
cette excellente raison qu'il faut remuer forcément plusieurs fois la bouteille pour l'approcher de l'instrument,
qui est à demeure fixe. En pratique, on se contente tout
simplement d'opérer de la manière suivante :

On laisse la bouteille couchée dans le casier, s'il est
possible, sans la remuer ou, selon les nécessités, on la
tourne et on l'approche du bord avec les plus grandes
précautions en la tenant toujours couchée dans sa position
normale ; on ouvre alors avec soin et toujours sans agiter le
liquide, puis on lève le fond, et il ne reste que peu ou point
de lie. Avec un peu de pratique, on réussit couramment et
parfaitement cette petite opération.

Nous visitons une autre cave occupée par des barriques
pleines de la récolte de 1887. Ce long et immense boyau
peut contenir cinq rangées de barriques de front, séparées
par deux larges allées qui se remplissent bientôt de visiteurs. M. Mortier, en effet, a donné des ordres, et plusieurs
employés armés de larges pipettes en verre font déguster
à chacun et à pleine coupe le vin de 1887. Mais qui pourra
jamais s'en procurer du même ou du pareil ? Ce vin est en
effet très remarquable à tous points de vue et le semblable
n'existe que dans les caves de Château-Lafitte et il n'est
point à vendre.

Les chais immenses et parfaitement tenus n'ont rien
d'extraordinaire comme construction ou agencement. Ils
renferment 24 énormes cuves en chêne ciré, appropriées
avec le plus grand soin Elles contiennent chacune de 40
à 80 barriques et elles peuvent ensemble en contenir mille.
Elles ont été remplies deux années de suite, en 1874 et
1875. D'après les prévisions de M. l'intendant général, ce
chiffre sera atteint cette année. La récolte s'élèvera, on
l'espère du moins, à 250 tonneaux bordelais. Le tonneau
contient environ quatre barriques ou près de neuf
hectolitres.

Le vin se vend à Château-Lafite de 1,500 à 6,000 fr.
le tonneau. La moindre qualité descend rarement à 1,500
francs, elle se vend le plus souvent 1,800 francs le tonneau. Ainsi que nous le verrons plus loin, les vignes exi-

gent chaque année et *par hectare* un entretien fort coûteux
et qui dépasse 2,000 francs. Les dépenses atteignent donc
un chiffre énorme, inouï, dépassant à Château-Lafitte plus.
de 140,000 francs Mais la compensation est grande et le
bénéfice toujours remarquable et même extraordinaire.
Une année la récolte a été vendue plus d'un million.

M. Mortier nous fait ensuite connaître les procédés
employés pour faire le vin et le soigner. Ces détails trop
courts, malheureusement, sont trop importants pour
être passés sous silence. Ils sont à peu près inconnus ou
inédits, et je constate que, dans les comptes-rendus déjà
parus sur cette même excursion, plusieurs erreurs graves
se sont produites à ce sujet.

Les raisins sortant de la vigne ne sont jamais mis direc-
tement dans les pressoirs. Pour être exact, les raisins ne
connaissent pas le pressoir, excepté ceux récoltés avant
l'heure des vendanges, servant à confectionner la boisson
destinée aux vendangeurs, car ces précieux raisins —
Horresco referens ! — sont avant tout cueillis pour le
nombreux personnel employé à la récolte — et c'est justice.
— Le vin et la boisson qui leur sont destinés sont faits par
les procédés les plus sommaires et les plus prompts. Hors
cette exception, aucun raisin ne passe véritablement au
pressoir. En effet, les raisins apportés des vignes dans les
chais sont aussitôt dérafiés ou égrainés, soit à la main,
soit à la machine.

A Château-Lafite on dérafle toujours à la main, et six
hommes égrainent ainsi en douze minutes de quoi faire
une barrique de vin. A Mouton-d'Armailhacq, chez M. le
comte de Ferrand, on dérafle au contraire à la machine,
avec un instrument, système Laporte, qui se compose de
râteaux qui se promènent automatiquement sur les raisins
et les égrainent rapidement.

Une fois dérafiés, les grains sont placés *non pas* dans
le pressoir, ainsi qu'on l'a dit par erreur, mais dans les
immenses cuves qui sont toutes prêtes à les recevoir et
que l'on remplit tour à tour. Puis on laisse opérer la
fermentation naturelle pendant quinze jours ; jamais plus,
quelquefois moins, suivant les circonstances et la tempé-

rature ambiante. C'est là le point important et essentiel. Le vin, le bon vin, le vrai vin est en effet le produit naturel de la fermentation normale ainsi obtenue. Au bout du temps que nous venons d'indiquer, on soutire chaque cuve et l'on obtient le vrai vin, celui qui atteint la plus grande perfection et le plus haut prix suivant les crus. — C'est là la première qualité — et on le loge dans des barriques neuves, en chêne de Bosnie, pour être livré à l'acquéreur ou pour être conservé pour la provision ou la réserve du maître. Nous verrons bientôt comment il est traité jusqu'à la mise en bouteilles.

Ce premier soutirage une fois fait, on enlève le marc par le haut des cuves. C'est le *marc* qui seul est soumis au pressoir. Le vin qui en provient forme le vin de pressoir. Il n'est jamais mélangé au précédent, car il est de qualité inférieure. Cette infériorité — je me hâte de le dire — n'est que relative, puisque le moindre de ces vins, même dans les pires années, atteint au minimum et en gros, le chiffre de 1,500 à 1,800 francs le tonneau, c'est-à-dire les 9 hectolitres.

Mais le vin conservé au château, une fois toutes ventes faites, destiné à former la réserve du maître et ce qu'on appelle « la mise du château, » reçoit des soins particuliers et constants. Les soutirages étant opérés et les barriques une fois remplies aussi complètement que possible, celles-ci sont bondées légèrement, de manière à ne pas permettre à l'air de pénétrer et à permettre en même temps d'enlever la bonde avec facilité et sans perte de temps. Tous les quatre jours en effet et pendant une année consécutive on ouvre chaque barrique et on fait le plein avec du vin de la même récolte et de la même qualité. Il est à remarquer en effet que chaque barrique consomme un peu, et si l'on n'y portait le remède le vin perdrait de sa qualité, de sa saveur et contracterait souvent un goût défectueux. Puis, au bout d'une année, le plein est fait une dernière fois, la barrique solidement fermée est tournée bonde de côté. Elle reste ainsi jusqu'au moment de la mise en bouteilles. Peut-être même subit-elle plusieurs soutirages spéciaux.

Pendant que M. Mortier me donne tous ces importants

détails, nos visites aux chais et aux caves sont terminées, et les voitures traversent rapidement les vignes de Château-Lafite et se dirigent du côté de Mouton-Rothschild. M. Mortier m'avait fait l'honneur et la gracieuseté de m'offrir une place, en compagnie de M. et de Mme de la Bastie, dans un élégant omnibus attelé de deux magnifiques chevaux noirs. La traversée ne fut pas longue, mais suffisante toutefois pour juger par un coup d'œil d'ensemble, la bonne végétation, la vigueur soutenue et la régularité de la plantation, enfin la bonne tenue des sarments, la propreté du sol et l'abondance de la récolte. — Tout s'y trouve et rien ne manque, tant les soins ont dû être intelligents et réguliers.

Les vignes de Château-Lafite couvrent 70 hectares. Les ceps sont plantés à un mètre en tous sens et dressés sur de petits échalas avec un ou deux rangs de gaules légères et arrondies, tenant lieu de fil de fer. Ces petites gaules ou pignadas ont pour but d'empêcher la vigne de se blesser au contact et, par suite, de se briser sous le souffle du vent, le choc de la charrue ou tout autre cause d'accident. Elles sont placées sur des pieux plantés de distance en distance et attachées à 30 ou 40 centimètres au-dessus du sol. Chaque cep est dirigé ainsi en cordon horizontal simple ou double. Les sarments sont attachés avec soin et arrêtés très régulièrement tous de la même manière à moins d'un mètre de hauteur. Des troupes de femmes sont constamment occupées à ces soins.

Les vignes sont exclusivement — quant à présent — constituées en plants français. La vigne américaine n'y a pas encore été introduite, mais on doit l'y essayer tout prochainement à cause du phylloxéra. On n'emploiera, bien entendu, que des porte-greffes résistants, et greffés ensuite sur place avec les cépages mêmes du crû.

Le phylloxéra est en effet dans tout ce beau vignoble, bien qu'on n'y aperçoive pas de tâches accusées et qu'on n'y devine pas les ravages secrets. Toutes ces vignes présentent à l'œil une végétation absolument uniforme et l'état de vigueur paraît excellent. Très certainement il y aurait moins d'uniformité, si le pincement n'était pas fait avec un soin aussi régulier, et l'on pourrait mieux alors se rendre compte des ravages ou de la marche progressive et envahissante du terrible insecte.

D'autre part les efforts pour annihiler ses progrès sont constants et considérables, puisque, outre les engrais de ferme et les engrais chimiques spéciaux, *chaque cep* est traité au sulfocarbonate de potassium et reçoit, anuellement, une dose variant de 40 à 50 grammes mélangés dans trente litres d'eau. Le premier traitement devait se faire dans les premiers jours d'octobre.

Le Mildiou lutte de compagnie. Il est traité et parfaitement enrayé au moyen de la bouillie bordelaise appliquée aussi souvent qu'il est nécessaire : deux fois, trois fois et même quatre fois, selon les besoins. On la prépare de la façon suivante : six kilog. de sulfate de cuivre et cinq à huit kilog. de chaux par barrique d'eau de 228 litres. Cette année ce mélange a été uniformément répandu partout, et ceux qui n'ont pas eu la persévérance ou la sagacité d'agir ainsi ont commis une grande faute. Le mildiou, en effet, à cause des pluies incessantes, s'est répandu cette année avec une rapidité et une abondance inouïes, et malgré deux aspersions de la bouillie bordelaise, il a pu causer encore de grands ravages qui eussent pu être évités avec une troisième aspersion. A Château-Lafite on ne s'est point laissé surprendre et le traitement facile à apercevoir a pu conserver les feuilles indemnes de toute tache pernicieuse, et sauvegarder ainsi complètement la qualité et l'intégralité de la récolte.

Nous remarquons le long des chemins sans haies et sans fossés, qui traversent les vignes, que les 6 à 7 premiers rangs en bordure sont imprégnés d'une forte couche de bouillie bordelaise, et M. Mortier nous explique que c'est un stratagème imaginé pour empêcher les passants d'être tentés de dérober des grappes du précieux raisin. Et c'est même cet usage qui a fait — naguère — découvrir le remède si utilement employé contre le mildiou.

Un régisseur intelligent fit, en effet, la remarque que le mildiou n'avait aucune prise sur les ceps soumis à cette sorte de badigeonnage qu'on appelait, dès ce temps, bouillie bordelaise, et il eut l'excellente idée d'en répandre sur toutes ses vignes, et le succès fut complet. Le système ne tarda pas à se répandre partout. Mais je gage que ce régisseur habile et philosophe n'a pas reçu la récompense qu'il mérite pour l'immense service rendu à tous.

Les vignes sont entretenues en parfait état de culture et toujours nettes de toutes herbes.

Le sol est tout particulièrement propice à la vigne. Il est généralement argilo-caillouteux et quelquefois argilo-calcaire. A Château-Lafite la profondeur est de 4 à 6 mètres ; souvent même elle dépasse ce chiffre. Il est d'une grande richesse naturelle, mais étant donné la culture intensive et l'ancienneté des plantations, il faut chaque année aider la nature, en répandant des engrais de ferme et des engrais chimiques en grande abondance. Le sol est aussi très chaud, à cause des nombreux cailloux qui s'y rencontrent à profusion, et dans les grandes chaleurs de l'été ou de l'automne, les ceps auraient à souffrir de la sécheresse, si l'on ne prenait soin de chausser vigoureusement les racines qui trouvent ainsi plus d'ombre et partant plus de fraîcheur Mais est-on bien sûr d'obtenir ainsi le résultat cherché ?

Lorsque la vigne atteint à peu près 50 ans, c'est l'âge de la faiblesse, de la stérilité et de la décrépitude, bien qu'elle ne sente pas son mal, il existe. On arrache les ceps d'une parcelle déterminée, soit sur deux hectares par exemple, et le terrain nu est mis en bon état de culture, fumé, sarclé avec soin et ainsi entretenu pendant deux années, au bout desquelles on replante à neuf comme précédemment. Il y avait, le jour de notre visite, deux hectares précédemment arrachés et ainsi tenus.

A certains endroits des vignes — çà et là — j'avais remarqué quelques places absolument vides. J'en demandais l'explication à M. Mortier, qui me répondit que ces vides étaient produit par le *pourridié*, maladie tenace et rebelle à tout, et qui serait un épouvantable fléau causant partout des désastres irréparables et affreux, s'il avait la même rapidité que le phylloxéra et le mildiou. Les taches présentes ont, en effet, été replantées, mais sans succès ; les plants nouvellement mis ont péri malgré tous les soins. La terre a été changée, fumée à haute dose, on a planté des ceps vigoureux et pleins d'avenir; tout, absolument tout, a été inutile, et la tache subsiste toujours. Fort heureusement elle ne s'étend pas, elle ne gagne pas les ceps voisins. Jusqu'à quand cela durera-t-il? Des chimistes distingués ont formé à Bordeaux un comité d'études et de recherches, en vue de combattre ce nouveau fléau dont la ténacité si singulière fait déjà l'effroi des viticulteurs pourtant déjà si éprouvés.

Nous voici à Branne-Mouton, aujourd'hui Mouton-Rothschild, et qui avait été acheté, vers 1878, par feu le baron James-Edouard de Rothschild, frère du propriétaire de Château-Lafite. Aujourd'hui cette splendide propriété appartient à ses enfants, par conséquent aux neveux de ce dernier.

Mouton-Rothschild possède 54 hectares tout en vignes, contenant ensemble plus de 400,000 pieds. Le régisseur, M. Bonnefoux, nous en fait les honneurs. Le vin de Château-Lafitte est ce qu'on appelle 1er grand cru, celui de Mouton-Rothschild est 1er et 2e grand cru. C'est, je viens de le dire, une propriété exceptionnelle. Tout y est simple, mais tout y respire le plus grand ordre et en même temps la plus grande harmonie. Il n'y a pas un pouce de terrain perdu; rien n'a été sacrifié au luxe, et cependant tout y a grand air. Les chais sont immenses et plafonnés, tenus avec une propreté admirable. Les 18 cuves énormes et d'un modèle nouveau sont en chêne ciré extérieurement et, à l'intérieur, nettoyées avec soin et prêtes à recevoir le jus précieux. Chaque cuve peut contenir environ 75 barriques bordelaises.

Dans les caves, nous trouvons à peu près la même distribution qu'à Château-Lafite. On y voit cinq rangées de barriques, les unes sont pleines et d'autres attendent la récolte. Elles sont toutes neuves et en chêne de Bosnie. Comme à Château-Lafite, des employés puisent avec de grosses pipettes en verre et nous font goûter largement à la récolte de 1887. Décidément, ce vin est exquis, et l'année 1887 comptera parmi les bonnes. Toutefois, la qualité n'est

pas toujours uniforme et il se produit souvent des diffé-
rences assez sensibles pour causer de grandes divergences
de prix, selon les années.

Dans la cave, sous le château, plus de 40.000 bouteilles
attendent leur tour.

Les vignes sont toutes en plants français. Mais, on va
sous peu essayer les plants américains greffés en variétés
du crû. Le phylloxéra existe aussi partout ; on le combat
vigoureusement et avec succès, grâce au sulfo-carbonate de
potassium employé à haute dose et régulièrement, comme
à Château-Lafite. La bouillie bordelaise triomphe du mildiou ; elle a été appliquée trois fois partout et quatre fois le
long des chemins.

Nous marchons rapidement trop vite, hélas ! pour apprécier toutes ces richesses de toute nature et de tout genre,
mais pas assez pour tout voir. Nous voilà déjà à Mouton-
d'Armailhacq, appartenant à M. le Comte de Ferrand, notre
hôte distingué et notre cicerone toujours infatigable et gracieux.

C'est une splendide propriété de 80 hectares, dont 70 en
vignobles et 10 en parc anglais. Elle est habilement administrée par M. Moreau. Les bâtiments sont simples, vastes
et parfaitement agencés. Dans les chais se trouvent 17
énormes cuves de différents modèles présentant cette particularité qu'elles se chargent par le grenier. La vendange
est amenée dans celui-ci sur vagonnets, des trappes solides
ferment les baies ouvertes au-dessus de chaque cuve et le
personnel employé dans cette immense pièce peut travailler
avec aisance et sécurité.

Nous remarquons une grande provision de barriques
neuves en chêne de Bosnie.

M. le Comte de Ferrand est un véritable grand seigneur ;
il fait tout en grand, sans compter, et cependant avec le plus
grand ordre. Il est tout particulièrement connu et mieux
encore aimé pour son inépuisable charité. Trente familles
sont attachées au service normal de la propriété. Toutes
sont traitées comme les enfants de la maison. Des pensions
de retraite attendent les vieux serviteurs et des secours réguliers sont prodigués aux veuves, aux orphelins, à tous ceux

que la maladie ou des accidents viennent affliger. Les réservistes continuent à toucher le prix de leur journée pendant toute la période des exercices qui les retiennent à la caserne. Les rapports quotidiens sont paternels d'une part et toujours respectueux de l'autre, on le devine sans peine. Et le père de famille — *pater-familias* — fait ainsi son bonheur en faisant celui des autres. M. Moreau sait comprendre et appliquer ces nobles et généreuses traditions qui resserrent de plus en plus les liens si étroits qui relient les serviteurs au maître et rendent les rapports journaliers toujours faciles et agréables. Aussi partout ne voit-on que visages francs et ouverts et gens polis et contents.

La tenue de la propriété, bien loin d'en souffrir, s'en trouve tout au contraire fort bien, nous avons pu en juger.

Pendant les vendanges, le personnel normal ne suffit plus ; il s'augmente de toutes les familles qui se présentent et viennent le plus souvent de l'autre côté de l'eau, et bientôt 370 à 400 personnes se trouvent ainsi réunies pendant 8 à 10 jours. Toutes sont logées et nourries à la maison. Les greniers et les chais vides servent de dortoirs, où un peu de paille sert de lit et tout est mis en œuvre, on va le voir, pour procurer à ces agglomérations cosmopolites et passagères quelque récréation ou quelque plaisir.

Les hommes gagnent deux francs, les femmes et les enfants un franc par jour. Ils reçoivent en outre chaque jour et par personne deux livres de pain. La maison fournit encore deux repas par jour. Ces familles vont et viennent. Tout ce monde, on le comprend, n'a pas d'habitudes fixes et se montre difficile et changeant dans ses goûts. Il se produit donc constamment des échanges entre les propriétés voisines ; mais les vides se comblent toujours et les vendanges arrivent vite à leur fin.

A Mouton-d'Armailhacq on a imaginé, depuis longtemps déjà, un moyen curieux pour retenir tout ce monde. Un musicien, payé 4 francs par jour et connaissant un répertoire varié sur le violon ou la harpe, joue du matin au soir et ne se repose qu'en changeant d'instrument. Les vendangeurs chantent pendant le travail. Ils travaillent ainsi et mangent au son de cette musique perpétuelle.

Enfin le soir, après le dernier repas, il y a grand bal jusqu'à minuit. Et cela dure dix jours !

Au premier abord, on serait tenté de sourire au récit de ces habitudes que rien ne semble justifier suffisamment, et beaucoup pourraient croire à quelque désordre forcé ou toute autre conséquence fâcheuse. Il n'en est rien. En effet, le but poursuivi et presque toujours atteint est d'empêcher cette foule indisciplinée de perdre son temps et de se laisser aller à trop de gourmandise. Il faut avant tout sauver le précieux raisin. Les travailleurs, distraits par la musique, sentent moins la fatigue et, absorbés par les chants et les récréations obligatoires, ils se laissent moins tenter. La surveillance aussi en est plus facile et plus efficace.

Pour tenir aussi bien une aussi grande et aussi belle propriété, il faut sans doute faire des frais énormes, mais les revenus sont considérables aussi et compensent largement les sacrifices et les charges.

L'hectare de terrain vaut en moyenne de 18,000 à 20.000 francs. Or la propriété du Comte de Ferrand renferme plus de 80 hectares, pour 70 en vignes. Et le tout est soigné, entretenu avec un soin jaloux et de la même façon que nous venons de le dire : fumier de ferme, engrais chimiques, sulfo-carbonate, bouillie bordelaise, sarclages et pincements répétés sont prodigués à qui mieux mieux. Voilà bien des dépenses, sans doute, mais aussi quels revenus ! La production moyenne est de 250 tonneaux de 9 hectolitres chacun — en 1874 la récolte a dépassé 300 tonneaux — or, le tonneau se vend de 1,500 à 2,000 francs et le produit total est bien capable, on le voit, de payer largement les dépenses et les largesses du maître.

Le parc de Mouton-d'Armailhacq mérite une mention spéciale : c'est le plus étendu de la contrée ; il renferme 10 hectares avec pelouses, allées, beaux ombrages et massifs de fleurs. Une importante futaie formée de vieux chênes et de vieux ormeaux qui ont vu passer sous leur ombre de nombreuses générations, borne la vue du côté du fleuve et la force à se reporter tout entière sur l'immense plaine de verdure légèrement ondulée qui se déroule et s'étend au loin.

Le coup d'œil est splendide, et sous ces pampres qui cachent encore aux yeux le précieux raisin, coulent au fond des vallons et sur les pentes de véritables ruisseaux d'ambroisie! Les massifs de fleurs qui décorent les abords de l'habitation sont bien dressés et bien garnis. Ils donnent à tout ce magnifique ensemble un air de fête et de gaîté. Allées, gazons, plates-bandes, tout est bien tenu. L'œil du maître suffit à tout.

Mais, si vigilant qu'il soit, il n'a pas remarqué pourtant dans une de ses corbeilles d'Héliotropes le léger vide causé par une main élégante et finement gantée qui, laissant à d'autres les bouquets spéciaux du crû, leur a préféré les si suaves et si doux parfums de quelques-unes de ces charmantes et poétiques corolles.

Mais nous touchons au terme de notre beau voyage et notre dernière visite à peine commencée est presque achevée déjà ; nous passons en courant sur le beau vignoble de Pontet-Canet, 70 hectares, appartenant à Mme veuve Hermans Cruse (prononcez Crouse) et administrée par M. Skawinski.

Les chais renferment quinze cuves pouvant contenir chacune près de quatre-vingts barriques prêtes à recevoir le délicieux jus.

Les vendanges vont commencer sous peu et déjà les premiers raisins sont amenés au pressoir pour préparer à l'avance la boisson des vendangeurs. C'est le seul cas où le raisin est réellement livré au pressoir, sans même être dérafflé. Autrement, tout se passe à Pontet-Canet comme dans les crûs voisins.

A Pontet-Canet le vin se vend de 1,200 à 1,800 francs le tonneau, suivant les années.

Nous examinons les vignes en toute hâte, car le temps presse ; elles sont tenues comme leurs voisines et présentent les mêmes résultats et nécessitent les mêmes dépenses. Les plants américains commencent à y trouver place. On greffe de préférence sur *Riparia*. Les premiers essais ont pleinement réussi. Ils seront continués cette année.

Nous goûtons des raisins qui nous semblent parfaitement mûrs; si nous ne nous trompons, la récolte sera abondante et la qualité exquise.

Les cépages principalement cultivés dans tous ces vignobles sont les suivants : à Château-Lafitte, le Cabernet-Sauvignon domine, mêlé avec des Malbeck et quelques Merlot. De même à Mouton-Rothschild. A Mouton-d'Armailhacq, on cultive de préférence le gros Cabernet ou Cabernet franc ou Cabernet blanc (raisin noir), mêlé à d'autres Cabernet et au Malbeck. Enfin, à Pontet-Canet, c'est le Cabernet-Sauvignon mêlé aux Malbeck, Merlot et Verdot.

Château-Lafitte est premier grand crû, Mouton-Rothschild, 2e grand crû, Mouton-d'Armailhacq, 4e grand crû, Pontet-Canet est 5e grand crû.

Nos visites, hélas! sont terminées, et il faut nous mettre en mesure de rejoindre notre bateau. Le temps s'avance et voici les ombres du soir, il faut partir :

> Car les plus belles choses
> Ont le pire destin. . . .

Au moins saurons-nous tous garder religieusement au fond du cœur tant de chères impressions et emporter avec nous le précieux souvenir d'un si courtois accueil et d'une aussi parfaite hospitalité.

Nous voilà de retour à Pauillac. La *Magicienne* nous attend avec impatience sous les efforts de la marée montante. L'heure des adieux est venue ; les mains se croisent et les remercîments partis du cœur sont exprimés par tous à tous nos hôtes d'un jour, à M. le Comte de Ferrand et à MM. les régisseurs de ces splendides domaines, si riches par la nature et si merveilleusement administrés. Nous partons en jetant un long et dernier regard sur cette splendide contrée et sur ces horizons sans bornes qui s'effacent déjà devant la nuit.

Heureux pays ! Dieu lui a tout donné : un climat privilégié, des habitants toujours en fête, des coteaux et des vallons qui laissent couler des ruisseaux de vins parfumés, des fleuves qui remontent à propos vers leur source pour amener et emporter les voyageurs ; les lettres, les sciences, les arts et la religion y sont honorés, et les traditions et les vertus des ancêtres conservées avec un soin jaloux. *O fortunatos nimium sua si bona nôrint !*

Il nous a été donné de voir le résultat des efforts et de l'exemple venant de haut, nous avons pu en apprécier les merveilleux fruits.

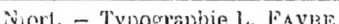

Niort. — Typographie L. FAVRE.

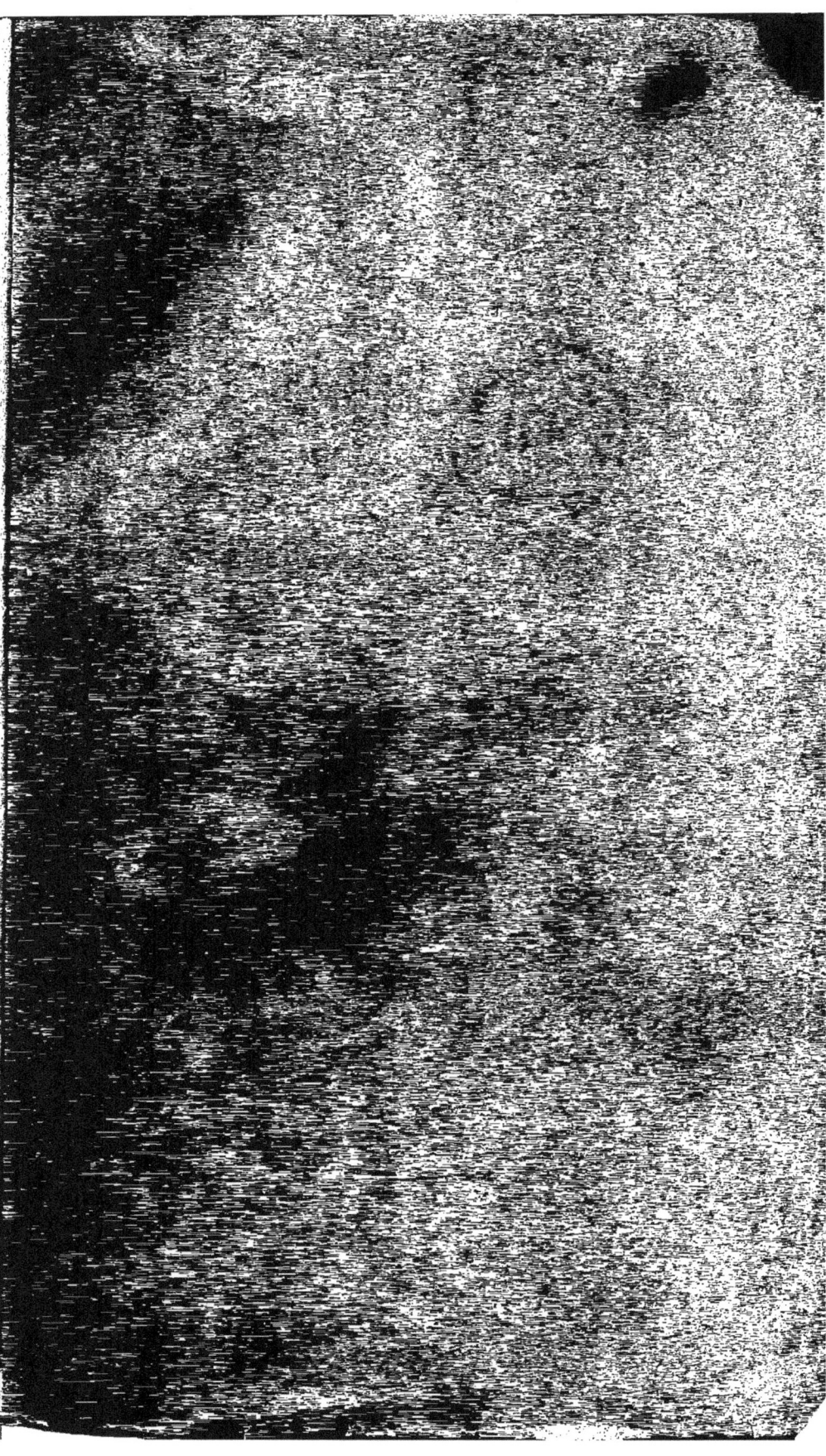